ALOISIUS

Ludwig Thoma · Ein Münchner im Himmel

Herzlichst

Traudl + Walter [illegible]

Ein Münchner im Himmel

Eine Geschichte von Ludwig Thoma

nach der Interpretation von Adolf Gondrell

verfilmt, gezeichnet und gestaltet von

Gertraud und Walter Reiner

Herausgegeben und eingeleitet von

W. F. Karlos

Süddeutscher Verlag

Zeichnungen und Gesamtgestaltung: Gertraud und Walter Reiner, München

1989
ISBN 3-7991-5979-7

Printed in Germany
Druck: Kirmair Offsetdruck GmbH · Bindearbeit: R. Oldenbourg
Der Abdruck der Geschichte von Ludwig Thoma erfolgt in der von Adolf Gondrell nach Ludwig Thoma besorgten Fassung mit Genehmigung des R. Piper & Co. Verlages, München, der die Gesamtrechte an den Werken Ludwig Thomas besitzt. Von diesem Buch ist auch eine englische Ausgabe erschienen.

So hat er ausg'schaut . . .

Es verstünde sich eigentlich von selbst, diese Einleitung im Original-Hingerl-Bayerisch zu schreiben. Aber das geht nicht mehr. Er hat nun schon zuviele Freunde auch außerhalb der bayerischen Landesgrenzen, selbst – man denke – in Preußen. Sie alle würden kein Wort verstehen, und das wäre ein Jammer. Hingerl, das gilt für die Uneingeweihten, ist der einstige Familienname des Engels Aloisius, den Sie rechts im Bilde gerade auf sich zuschweben sehen. Wie man in diesem Buch erfahren wird oder auch dem denkwürdigen Brief in Hingerls Hand entnehmen könnte, befindet sich Engel Aloisius soeben auf seinem ersten Fluge nach München. Millionen haben sein vergnügtes Herabschweben auf die Dächer seiner geliebten Heimatstadt in den deutschen Kinos oder gar daheim am Fernsehschirm erlebt. Dabei haben sie so manches darüber gehört, auf welch tragikomische Weise der so bescheidene Dienstmann 172 vom Münchener Hauptbahnhof mit dem Schicksal der Bayerischen Staatsregierung verkoppelt wurde und heute noch ist.
Spöttische Leute lassen verlauten, es wäre vielleicht besser gewesen, Hingerls persönliches Auftreten in einem so mitreißenden Film zu verhindern, um die bayerischen Belange zu schonen. Aber was wäre damit gewonnen? Rein nichts. Verloren aber wäre das vergnügte Schmunzeln und das köstliche Lachen, das einst schon Adolf Gondrell, der Unvergessene, seinem bayerischen und außerbayerischen Publikum abverlangte, wenn er ihm auf seine Art die zwerchfellerschütternde Ludwig-Thoma-Geschichte vom „Münchner im Himmel“ in dramaturgischer Vollendung vortrug und jedem, der dabei war, für einige Minuten Sorgen und Kummer von der Stirne wischte. –

Das gleiche Ziel hat dieses Buch. Es präsentiert uns den Alois Hingerl, wie er in dem herzerfrischenden Reiner-Film leibt und lebt, räsoniert und widerstrebend sein Halleluja singt. Echter ist er nicht zu denken, dieser *oide Grantler*, wie ihn Gertraud und Walter Reiner, waschechte Münchner beide, porträtgetreu verewigt haben.

Text und Bilder dieses farbigen Buches ergänzen sich so glücklich, daß auch anspruchsvolle Thoma-Kenner, so hoffe ich, an der bildhaften Ergänzung dieser Geschichte ihre helle Freude haben werden.

Für deutsche und ausländische Analphabeten der bayerischen Landessprache hat der Verlag freundlicherweise auf der letzten Seite des Buches ein „Kleines Lexikon" eingefügt, um jedem Leser zu ermöglichen, ohne Schwierigkeiten in das Dickicht des Hingerl'schen Sprachschatzes einzudringen.

W. F. Karlos.

Ludwig Thoma

dem großen altbayerischen Dichter

und seinem Interpreten

Adolf Gondrell

zur Erinnerung

Alois Hingerl – Dienstmann Nr. 172 am Münchener Hauptbahnhof –

HB
HB
Dienstmann
172

2
3
mann

erledigte einen Auftrag mit solcher Hast,

daß er vom Schlag getroffen zu Boden sank und starb.

RAUCHER
3

·Dienstmann·
172

Zwei Engerln schleppten ihn mit vieler Mühe in den Himmel,
wo er vom Hl. Petrus empfangen wurde.

Petrus eröffnete ihm zunächst,

daß er von nun an auf den Namen »Engel Aloisius« zu hören habe,

ALOI

überreichte ihm eine Harfe und machte ihn
mit der himmlischen Hausordnung bekannt:
»... von morgens 8 Uhr bis mittags 12 Uhr: frohlocken;
von mittags 12 Uhr bis 8 Uhr abends: Hosianna singen.«

»Wos is?«

»Von morgens 8 Uhr bis mittags 12 Uhr frohlocken –
von mittags 12 Uhr bis 8 Uhr abends Hosianna singen!«

»Sso – hmhm – ja, wann kriag na i wos z'trinka?«
»Sie werden Ihr Manna schon bekommen«,
sagte Petrus leicht indigniert und ließ ihn stehen.

»Auweh! Dös werd schö fad – mei Liaba, da moan i ollawei, da bin i neitret'n! Frohlocken!!! A-a-a-a – eahm schaug o: frohlock'n müaßat i da herobn . . . i hab gmoant, i kumm in'Himmi . . .?«

Er setzte sich, wie ihm befohlen, auf eine Wolke
und begann zu frohlocken:
»Hahleluja — — — Hahleluja — — — Hahleluja — — — Hahlee-luja . . .«

Ein völlig vergeistigter Engel schwebte an ihm vorüber.

»Hallo, Sie! Hallo – fft – hallo – ham's koan Schmaizla?
An Schnupftabak – ham's nix? A Pris? – geh weida, fahr oane her!«
Der Durchgeistigte sah ihn nur völlig entgeistert an,
lispelte nur »Hosianna!« und flog von hinnen.

»Ja – ja, was is jetzt dös für a Depp für a damischer? Ja – na, na, na hast halt koan Schmaizla, net – wenn ma scho anständig fragt, wird ma doch a anständige Antwort kriag'n könna, – gscherte Ruab'n, gscherte, – Eng'l . . . boaniger!!! Mei Liaber, da werd a so a Zeigl herob'n sei! A-a-a-a-a, was steh i aus!«
Und er setzte sich wieder auf seine Wolke
und begann erneut zu frohlocken;

SIUS.

allerdings bedeutend zorniger!
»Hahleluja – Luhja – Luhja sag i – zäfix Hahleluja – Luhja!!!«

Er – er schrie so, daß der liebe Gott nebenan von seinem Mittagsschlaf erwachte . . . und ganz erstaunt fragte: »Ja, was ist denn da für ein Lümmel heroben?«

ALOISIUS

Und er schickte sofort zu Petrus – der kam angerast –
und sie hörten zusammen den Engel Aloisius frohlocken . . .
»Luhja! – Sacklzementhahleluja – luhja, sag i – Mei Liaber: Luhja!!!«
Petrus raste los und schleppte den Aloisius vor den lieben Gott.

Der sah ihn sich lange an — darauf sprach er:
»Aha — ein Münchner! Ja, sag'n Sie mal,
warum plärr'n Sie denn da heroben so unanständig?«

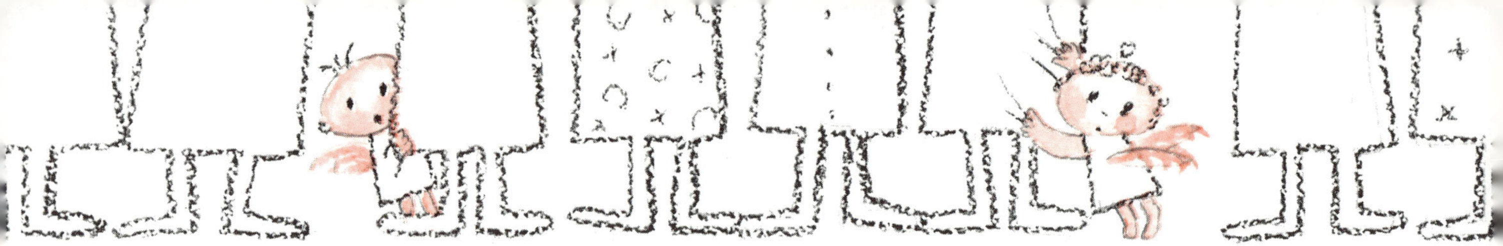

Da kam er beim Aloisius aber grad an den Richtigen!
Der war mitten drin in der Wut und legte nun los:
»Ja, – ja wos glaub'n denn Sie! Weil mir da herob'n im Himmel san,
da – da müaßat i singa wia a Zeiserl, wos? Waas?
Z'trinka kriagat i überhaupts nix – mei Liaber:
a Manna hat er g'sagt, a Manna kriagat i –!

ALOISIUS

Mei Liaber, da wennst ma net gehst mit Dei'm Manna, gell, den könnts selber saufa, dös sag i Eich – aber i trink koan Manna, daß Di auskennst –

und singa tua i überhaupts net,
i hab no nia g'sunga,
da sing i erst recht net . . .«

»Petrus«, sagte der liebe Gott – »mit dem können wir hier nichts anfangen. Nun, für den habe ich eine andere Aufgabe – er soll meine göttlichen Ratschläge der Bayerischen Regierung überbringen. Auf diese Weise kommt er jede Woche ein- oder zweimal nach München – dann hat die liebe Seele ihre Ruhe ...«

An die
Bayerische
Staatsregierung

Als Aloisius das hörte, war er sichtlich froh. Er bekam auch gleich den ersten Auftrag: einen Brief –

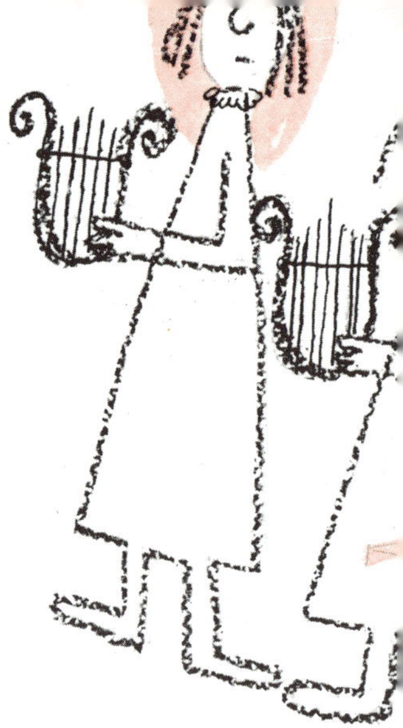

und flog damit los.

ALOISIUS

HB
HB
HOFB

Und als er plötzlich Münchner Boden
unter den Füßen fühlte,
da war es ihm, als sei er im Himmel.
Und einer alten Gewohnheit gemäß
führte ihn der Weg hin zum Hofbräuhaus –

und er fand sein
Stammplatz wied

172

Dienstm

fand den Stammplatz leer – die Kellnerin, die Kathi, kam auf ihn zu . . .

und er bestellte sich eine Maß,

HB
HB
HB

und bestellte sich noch a Maß –

und er vergaß seinen Brief und seinen Auftrag . . . und b'stellt sich no a Maß – und no a Maß und no oane . . .

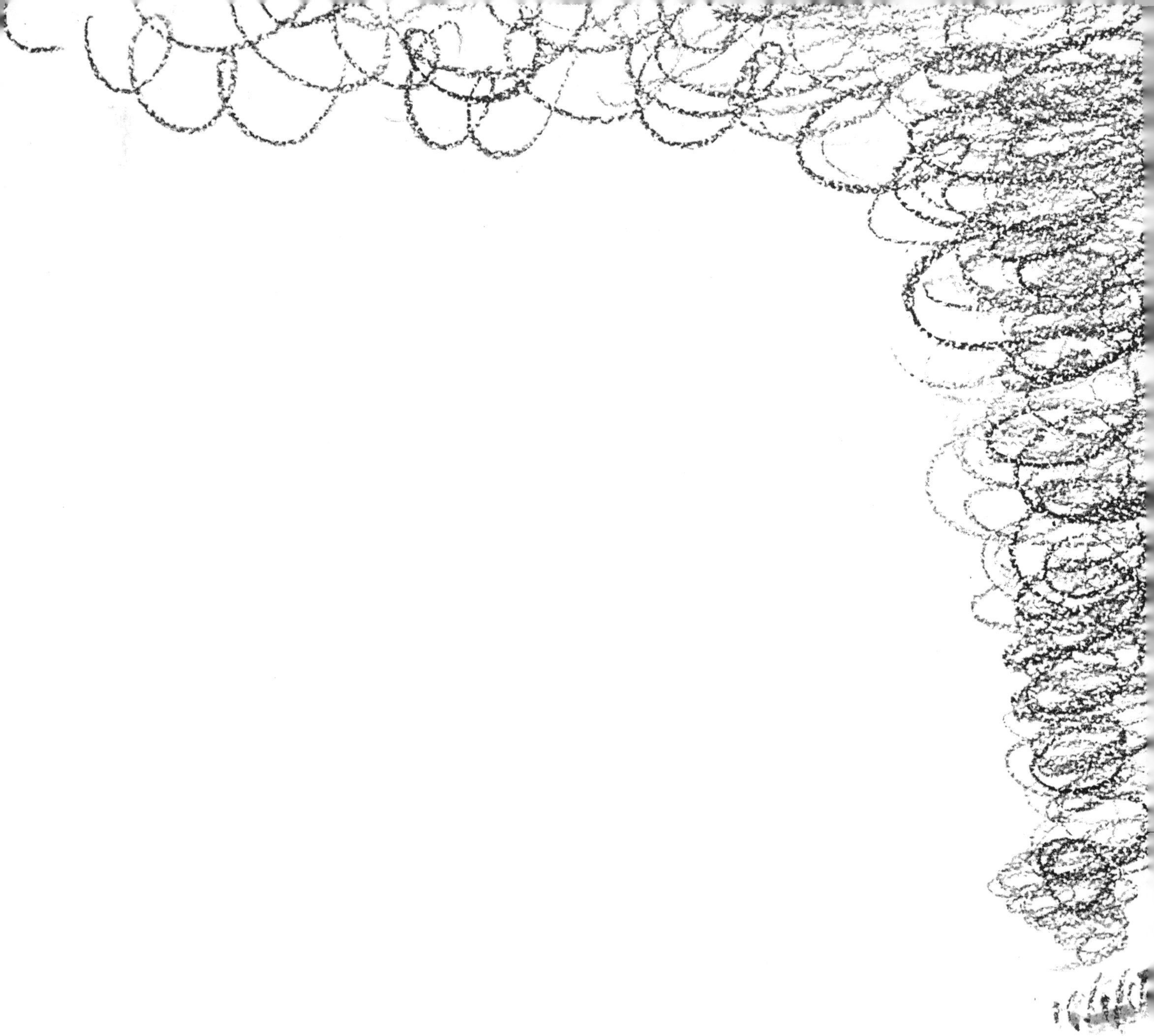

und da sitzt er heit no. — — —

Dienstmann

Und so wartet die Bayerische Regierung

bis heute auf die göttlichen Eingebungen.

Dienstmann

Kleines Lexikon

ausg'schaut	=	ausgesehen
boanig	=	knöchern, hager
Depp damischer	=	einfältiger Mensch; Tölpel
dös werd schö fad	=	das scheint schön langweilig zu werden
eahm schaug o	=	ihn schaut an; seht (euch) den an
geh weida, fahr oane her	=	mach' schon, gib eine (Prise) her*)
ham's koan Schmaizla	=	haben Sie keinen Schmalzler (Schnupftabak)
i hob gmoant	=	ich habe gemeint; ich habe geglaubt
heit no	=	heute noch
i hob no nia g'sunga	=	ich habe noch nie gesungen
kriagat i	=	bekäme ich
Maß (die)	=	ein Liter Bier
müaßat i singa	=	müßte ich singen
no oane	=	noch eine
neitret'n, da bin i ...	=	da bin ich (schön) hereingefallen
oida Grantler	=	alter Nörgler
ollawei	=	immer
Ruab'n, gscherte	=	ordinäre Rübe (übertragen: ungehobelter Kerl)
Sacklzement	=	Baumaterial (hier: getarnter Fluch)
saufa	=	siehe trinka
trinka	=	trinken
wennst ma net gehst ...	=	wenn du mir nicht gehst*) (übertragen: hör' mir auf mit ... [deinem Manna])
Zeigl, so a	=	so ein Zeug (übertragen: eine üble Gesellschaft)
Zeiserl	=	Zeisig (Singvogel)

---

*) vieldeutige Ausdrucksweise

ALOISIUS
ALOISIUS
ALOISIUS
ALOISIUS